한국 희곡 명작선 163

잔치

한국 희곡 명작선 163

잔치

김수미

평민사

김수기

잔치

등장인물

老母
장진구 _1963년생
장진숙 _1965년생
장진욱 _1967년생/ 87년 봄에 죽음
장진호 _1970년생
캐빈 _진숙의 아들. 17세
병길네
순경

무대

2011년 이른 봄의 부산.
아직 이른 봄이라 마당에 선 동백나무에 붉은 동백꽃이 아직 지지 않았다.
그 옆으로 개나리도 진달래도 봉우리를 한껏 부풀린 채, 오늘내일 터트릴 날을 기다리고 있다. 세월과 단정한 집주인의 성격이 엿보이는 정원이다.
마당 한쪽에 손길이 끊긴 지 오랫동안으로 보이는 어망이 쌓여 있다.
광주리에 담겨 볕에서 말려지는 생선들이 바닷가 마을임을 알게 한다.
야트막한 담장을 끼고 대청마루 사이로 안방, 건넛방이 있고 마당 한쪽으로는 방이 둘 더 보인다.
세월 탓에 집이 낡아 보이기는 하지만, 시간 저편에서는 선주의 기세가 당당했음이 느껴진다.
마당 뒤로 돌면 정재가 있을 거지만 잔치 음식을 준비하는 터라 마당이며 대청마루에 음식 장만을 위해, 봐다 놓은 찬거리로 그득하다.
마당 한쪽에 놓인 연탄 화덕에 큰 솥이 올려져 있다.

1.

노모, 데친 고사리를 들고나온다. 큰 솥의 뚜껑을 열자, 김이
확 오른다.
큰 국자로 고기를 건져 내고는 데친 고사리를 솥에 넣는다. 숙
주도, 버섯도, 토란대도, 듬성듬성 썬 대파도….
일그러진 않는 소리와 둔탁하게 두드리는 소리가 들린다.

노모   와요?

노모, 솥뚜껑을 닫고 불을 줄인다.
점점 신경질적으로 변하는 소리.

노모   가요.

노모, 세숫대야에 물을 받아들고 안방으로 들어간다.
병길네, 머리에 양푼을 이고 마당으로 들어선다.

병길네   성님! 어데 가셨나? 안에 계신가? 요놈을 내리야 겠
는데… 우짜지…

조심스럽게 그리고 힘겹게 머리에 이고 있던 양푼을 내려놓

는다.

병길네   정수리 쪼개지네… (마루에 걸터앉으며) 아이고 대라.
냄새가 뭐 이리 좋노. (솥단지 열어보며) 육개장 끓이네.
(국자로 국물을 떠 맛본다) 칼칼하니 잘됐네. (그제야 마당을
둘러보며) 뭐 이리 음식을 많이 하노. 잔치하나… (이것
저것 그릇을 열어보더니) 성님, 감주 담았네. (감주를 떠 한
그릇 쭉 들이킨다) 아따~ 맛나다.

노모, 벗긴 속옷과 대야를 들고나온다.

노모   왔나?
병길네   이리 주소.
노모   됐나.
병길네   이러다 성님 병나지 싶어 그라요.
노모   몸이 늙었는데 내 맘대로 되나.
병길네   그라니까 아끼라지. 주소.
노모   드럽다.
병길네   (대야를 뺏으며) 짐승 똥도 치워 주고 사는데, 무슨….

병길네, 수돗가로 가서 조물조물 빨래한다.

노모   밥은?

병길네 시간이 얼만데….

노모, 병길이 가져온 양푼을 보고는….

노모 언제 왔다 갔노.

병길네 내가 이고 왔구마. 아직도 정수리가 뻐근 하구만도.

노모 와? 바쁘다나. 택시라도 부르지.

병길네 누웠다데요.

노모 어데 아파가?

병길네 상두네 배달 갔다가… 잔칫집서 사람 그냥 보내게 되는가. 한 잔이 두 잔 되고 두 잔이 석 잔 된 기지. 돌아오는 길에 자전거가 도량으로 굴렀다데요.

노모 마이 안 좋나?

병길네 명은 질긴지… 뿌라진 데는 없고, 운신을 못 한다데요.

노모 술이 화근이다.

병길네 정이 웬수지. 술잔이야 정 따라오고 가는 건데…

노모 ….

병길네 돼지머리까지 누르고… 와요? 잔치하게.

노모, 수돗가로 가서 손을 씻는다.

병길네 뭔 잔치? 네 성님댁에 대소사 뻔히 다 꿰고 있구만… (손을 짚어 세어 보고는) 이 달에는 없는데… 뭔 일인가?

9

노모　　아 들 온다.

노모, 눌린 머릿고기를 썬다.

병길네　　누구? 큰아들?
노모　　….
병길네　　막내?
노모　　….
병길네　　미국 사는 진숙이?
노모　　….
병길네　　셋 다? (사이) 진숙이가 몇 년 만이지요?
노모　　….
병길네　　아따, 답 기다리다 숨넘어가겠다.

병길네, 다 빤 빨래를 마당 빨랫줄에 넌다.
노모, 묵묵히 음식 장만만 한다.

병길네　　그래서 형님 어깨에 힘이 탁 들어갔구나. 오랜만에
　　　　　　자식들 끼고 좋겠네, 우리 성님. 그래도 너무 마이 차
　　　　　　린다. 누가 다 먹을 기라고… 덕분에 동네 사람들 성
　　　　　　님, 손 맛보겠네. 아저씨 저래 눕고 잔치하기는 처음
　　　　　　이다. 그지요?
노모　　….

병길네   우리 성님, 또 말 없다.

병길네, 노모 곁에 앉으며….

병길네   내 뭐 하까요?
노모   겉절이나 무치라.
병길네   예.

병길네, 양념장을 만든다. 멸치젓갈을 맛보고는….

병길네   멸치젓갈 맛나라. 성님은 늙어도 솜씨는 안 낡았네. 멸치젓 다져가 청양고추 착착 썰어 넣고 양념해가 쌈 싸 먹으면 집 나간 입맛도 돌아오겠다. 성님, 마늘은…?
노모   빼고 해라.
병길네   집에 없나? 우리 집에 있는데 금방 갔다 오께요.
노모   고마 됐다.
병길네   마늘이 들어가야 맛이지.
노모   ….

병길네, 입을 삐죽이며 다시 앉아 겉절이를 무친다.

노모   손 맵다. 장갑 끼고 해라.

병길네 됐구마. 성님은 좋겠네. 나랏일 하는 아들도 두고···
내는 진구가 될 줄 알았다니까.

노모 ···.

병길네 풍으로 쓰러지기 전만 해도 이 동네서 장 선주네 신
세 안 진 사람이 어딨고, 성님이 밥으로 쌓은 덕이
얼만데···.

노모, 말리려고 널어 둔 생선들을 만져 보며···.

노모 시절은 지나가면 그만이고, 돌려받자 한 것도 아이다.

병길네 은혜 모르면 짐승이지. 진호는 서울서 밥벌이는 하
는가?

노모 ···.

병길네 예?

노모 내가 아나.

병길네 진숙이는 미국··· 어데라 했는데··· 듣고도 모르겠
네···.

노모 시카고.

병길네 아, 이제 기억난다. 거서 잘 사는가?

노모 오거든 물어봐라.

병길네 맞다, 진욱이. 가가 봄이지요?

노모 (버럭) 침 다 튄다.

병길네 (그 소리에 움찔하며) 아이고··· 식겁아. (입을 오므리며) 요

래 말했구만도, 침은 무슨… 성격 깔끔한 거 다른 말로 하면 성질 드럽다는 말인 거 아는가 몰라.

노모　　안다.

병길네　　들렀는 갑네. (깔깔 웃으며) 성님, 귀도 밝다. 바끼지 마소. 나이 들어가 해오던 거 안 하고, 안 하던 거 하는 게 문제라. 그거 죽을 날 받아 났다는 신호라데요.

노모　　니는 좀 바까라.

병길네　　바끼면 죽는다 안 하요. 내 죽고 무슨 재미로 살라꼬… (겉절이 맛보며) 잘 됐다. 성님, 간 볼라요?

노모　　(한쪽에 있는 통을 가리키며) 저 담아라.

병길네, 통에다 겉절이를 담는다.

노모　　배 들어 올 시간이네.

병길네, 수돗가에서 겉절이 무친 양푼을 씻으며….

병길네　　바다 나간 아들이 있는 것도, 서방이 있는 것도 아닌데 시간을 뭐한데 봐요?

취나물을 볶는 노모.
병길네, 씻은 양푼은 마당에 세워두고 씻은 손은 쓱쓱 옷에 문지르고는 노모 곁에 앉는다.

병길네 취나물이네. 언제 이걸 다 캤노. 성님, 부지런한 건
상 줘야 한다.

노모 ….

병길네 (나물 간을 보며) 나물은 조선간장으로 간을 해야 맛이
다. 꼬시다.

노모 (나물 간을 보고는) 쓰다. 간장 맛이 나물 맛 배리 났다.

병길네 성님, 입이 쓴 갑다. (다시 집어 먹으며) 사람들 말 많은
거 알아요? 용선료 싸게 받는다고.

노모 날이 지랄이라 건져지는 게 없다는데 우짜노.

병길네 딴 집이랑 비슷하게 내줘야 욕을 안 듣지….

노모 오래 살겠네.

병길네 욕자시고 오래 살라고 부러 그랬는 갑네.

노모 그래.

병길네 우리 성님이 농도 다하고 기분이 좋긴 좋은 갑다.

노모 대학 다니는 딸아, 아들아 둘이다. 등록금 맞춘다고
빚 안 내면 다행이지.

병길네, 노모를 매달리듯 안으며….

병길네 내는 성님 옆에 딱 붙어 있어야지.

노모 덥다.

병길네 성님, 천당 가면 치맛자락 붙잡고 따라 갈라요. 꼭 내
데꼬 가소.

14

노모   지옥 가면 우짤래?

병길네   그라믄 (노모에게서 떨어지며) 얼른 놔야지.

웃는 노모와 병길네.

병길네   성님네 마당에도 봄 오네요.

노모   동백이 지고… 개나리, 진달래 피야지.

병길네   붉은 게 곱네.

노모   한바탕 땅이 붉을 기다.

바람을 타고 사이의 시간이 흐른다.

노모   병길아.

병길네   와요?

노모   우리 배, 네 해라.

병길네, 무슨 말인가 싶어 노모를 본다.

노모   남은 배가 그게 다다.

병길네   그걸 내가 와 받아요? 자식도 주지 말고 성님, 단디
       갖고 계시소.

둔탁하게 두드리는 소리.

노모   웃음소리 듣고 역정 났는 갑다.

노모, 방 안으로 들어가며….

노모   솥에 불 좀 꺼라.
병길네 예.

병길네, 연탄 화덕에 불을 끈다.

병길네 (들으라는 듯) 염치없는 인간 만드는 것도 어느 정도라 야지.

병길네, 냉수를 단숨에 들이켠다.

병길네 뭔 길 떠날 사람도 아이고… (문득, 방 쪽을 보며) 어데 가시나….

순경이 자전거를 끌고 들어온다.

순경   계십니까?
병길네 웬일이고?
순경   안 계십니까?
병길네 성님, 나와 보소. 성님!

노모, 방 안에서 나오며….

노모   와, 떡 왔나?

순경   편안하셨습니까?

노모   오야. 어른들 잘 계시제?

순경   예. 선주 어르신은 어떠십니까?

노모   맨날 그렇지 뭐.

순경, 자전거에 싣고 온 보자기로 싼 꾸러미를 내민다.

순경   어무이가 갖다 드리라고….

노모   뭔데?

순경   별거 아입니더.

순경, 대청마루에 꾸러미를 내려놓는다.

병길네   풀어 보면 알겠지….

병길네, 보자기를 풀면 홍삼 강정이다.

병길네   홍삼 강정이네….

순경   어르신 드리라고….

노모   뭐 이리 귀한 거를… 고맙다 해라.

순경	예.

순경, 선뜻 할 말을 꺼내지 못하고 머뭇거린다.

병길네	일없나? 줄 거 췄으면 가그라.
순경	예.
노모	단술이나 내 온나.

병길네, 식혜를 뜨러 간다.

노모	앉아라.
순경	예. (마루에 걸터앉으며) 잔치하십니까?

병길네, 식혜를 떠다 순경에게 건네며….

병길네	장의원 오는 거 알고 와 놓고 모른 척하기는… 이거 뇌물이제?
순경	어데예….
노모	시의원이 무슨 힘이 있다고….
병길네	그래하다 보면 국회도 가고….
노모	(말을 막듯) 내뱉는 말마다 버릴 말뿐이고… 쯧쯧쯧….
순경	아입니다. (조심스럽게) 말씀 한마디 넣어주시면 지한 테 많이 도움이 됩니다.

병길네   거 보소. 내 말이 맞구만도….

노모, 다시 보따리를 싸며….

노모   가져가거라.
순경   말이 그렇다는 거지, 뭐 바라고 가져온 거 아입니다.
노모   먹을 사람이 없어 그란다.
병길네   성님이 자시소. 내도 옆에서 맛 좀 보구로….
노모   마음은 감사하다 전해 드리고.
순경   참말로 딴맘 있어가 가져온 거 아입니다. 받으이소.
노모   내일 아침나절에 집에 들리라.
순경   예?
노모   우리 집 잔치한다.
순경   예.
병길네   두고 가라. 빈손으로 장의원이랑 인사 트기 그렇다
          아이가.
노모   (단호하게) 쓸데없는 소리.

병길네, 순간 움찔한다.

순경   어무이가… 신세진 거 갚자 치면 바닷물로도 모자란
          다 하셨는데 이거라도 드리면 마음이 쪼매 편해지지
          싶다면서 그래가 보내신 겁니더. (일어서며) 지는 그만

19

가봐야겠심더. 무전이 들어 올 때가 됐는데….

순경, 괜스레 무전기를 탓하며 자전거를 타고 서둘러 나간다.

병길네　이래서 집안에 나랏일 하는 사람이 하나 있어야 돼.

병길네, 보자기를 풀려고 하면
노모, 병길네의 손을 '탁' 친다.

병길네　아이고, 아파라. 맛 좀 봅시다.
노모　　돌려 줄기다.
병길네　내일 오랄 때는 언제고….

노모, 굳게 다문 입으로 보따리를 안쪽으로 밀어 놓는다.

병길네　진구가 사람들 청탁 더러 받아 주는 갑던데… 눈 딱
　　　　감고….
노모　　누가 그라 드노?
병길네　귀 밝은 성님이 못 듣는 것도 있는 갑네. 전신만신
　　　　다 아는 구만도.
노모　　가그라.
병길네　와요. 일거리가 태산이고만도… 손 하나 더 있는 게
　　　　수월치….

노모	내일 아침에 밥이나 먹으러 오니라.
병길네	화 푸소. 이자부터 암말도 안 하고 일만 하께요. 뭐부터 하까요?

노모, 대답 대신 병길네를 뚫어지게 본다.
병길네, 노모의 눈빛에 시무룩해져서는….

병길네	마음에 두지 마소. 내 입에서 나오는 말 중에 쓸 말이 몇 개나 되겠는교. 가께요.

병길네, 돌아서는데….

노모	잔치 밥, 먹으러 온 나.
병길네	(배시시 웃으며) 예.
노모	올 시간 지나 그란다. (사이) 가는 길에 떡집이나 좀 들리라.
병길네	쪼매 더 있다 가면 안 되겠지요?

노모, 순경이 들고 온 보따리를 내밀며….

노모	가는 길에 주고….
병길네	예. 갑니다.

병길네, 보따리를 들고 나간다.

노모, 짧은 한숨을 토해내며 털썩 내려앉는다.

동박새, 동백꽃에 날아와 앉는다.

노모　　놀러 왔나.

진욱, 정원에서 나와 동백꽃을 바라본다.

노모, 진욱의 곁으로 가 쭈그려 앉는다.

노모　　다른 꽃은 나비랑 바람이 씨를 옮기는데 동백은 동박새가 나비고 바람이다. (사이) 바람이 달제? 지난겨울엔 징그럽게도 눈이 내리드만도 봄 오는 거 봐라. 돋는 새순이 지천이다. 풀도 고맙고, 꽃도 고맙고, 나무도 고맙고… 철마다 나보러 오는 게 얼마나 고마운지… 쓸쓸할 새가 없다.

진욱, 노모의 흘러내린 머리를 쓸어 올려준다. 바람처럼….

노모　　니 고래고기 좋아 하제? 요즘은 구하기도 귀하다. 많이 묵어라.

동박새가 날아간다.

진욱, 바람처럼 정원으로 사라진다.

노모	내 달이면 볕이 따갑것다. 요즘은 볕이 독해지가… 사람 탓이다만은….
진호	어머니!

언제 왔는지 진호가 대문 앞에 서서 노모를 보고 있다.

노모	언제 왔노?

노모, 곁에 있던 진욱을 잠시 눈으로 찾더니 짧은 한숨을 내쉬며 일어서려는데 무릎이 아프다.

노모	(무릎을 잡고는) 아이고….

진호, 노모를 부축하며….

진호	누구랑 말해요?

노모, 진호의 부축을 받으며 대청마루로 가며….

노모	들어 줄 사람 없을까 봐. 별걱정을 다 한다.
진호	무릎도 안 좋은 사람이… 음식은 뭐 이렇게 많이 했어요?
노모	묵을 입이 없을까 봐.

진호	병원은 다녀요?
노모	(무릎을 꾹꾹 누르며) 아픈 데는 없제?
진호	봐요. 내가 주물러 줄게.

진호, 노모의 무릎을 주물러 준다.

노모	밥 안 먹었나?
진호	먹어야지.
노모	잘했다. 된장찌개 좋아 하제?
진호	먹을 거 많구만⋯.

노모, 언제 아팠는지 일어서며⋯.

노모	일도 아이다.

노모, 부엌으로 가며⋯.

노모	빈속으로 있지 말고 뭐라도 집어 먹어라.

노모, 안쪽에서⋯.

노모	아부지한테 인사부터 드리라.
진호	예.

진호, 방으로 가려는데 휴대전화가 울린다.

진호   왜? (사이) 많이 다쳤데? (사이) 연습 끝나고 네가 가봐. (사이) 연습은 해야지. 내일 올라가서 상태 보고 결정할게. (사이) 다른 배우 찾으면 될 거 아니야. (사이) 그런다고 공연을 안 해? 그래. (사이) 무대 디자이너 미팅은 내일로 미뤄. 알았어.

진호, 전화를 끊고 방으로 들어간다.
사이.
문밖에서 들리는 캐빈과 진숙의 다투는 소리가 들린다.

캐빈   Can not sleep here, mom. Gotta stay hotel! Go to hotel, mom, please.[제발 호텔로 가자, 엄마]

진숙   엄마 대답은 똑같아.

캐빈   What the stinky smell!!! I can't stand it! (냄새를 참을 수 없어)

진숙   숨 쉬지 마.

캐빈   You don't look at me. (엄마는 날 보지 않아)

캐빈, 진숙, 여행 가방을 들고 안으로 들어온다.

진숙   엄마! (캐빈에게) 잘해. 제대로 교육받는 아이처럼…

(캐빈의 옷매무새를 고쳐주며) 얌전하게 굴어.

캐빈, 헤드폰을 쓰려고 한다.

진숙　부탁이다.

캐빈, 헤드폰을 벗는다.
노모, 소반에 밥상을 차려 나온다.

노모　(소반을 대청마루에 내려놓으며) 왔나.
진숙　엄마.

진숙, 노모에게 달려가 안긴다.
노모, 진숙을 쓰다듬고 또 쓰다듬으며….

노모　숙이 맞나?
진숙　엄마는 딸도 몰라봐.
노모　내 딸도 늙는구나. 염색이라도 하지.
진숙　엄마는 그대로네. 우리 엄마 여전히 곱네. (캐빈에게)
　　　　캐빈, 인사드려.
캐빈　Hi, Grandma.
노모　어서 오니라, 내 새끼.

진호, 방에서 나온다.

진호   누나.

진숙   진호구나. 오랜만이다.

진숙, 진호와 가볍게 서로 안는다.

캐빈, 진호에게 인사를 한다.

진호   시카고에서 봤을 때보다 많이 컸네.

진숙   애들이야 하루가 다르지.

노모   밥은?

진숙   우린 먹었어.

노모   진호야, 어서 먹어라. 찌개 식겠다. (진숙을 대청마루에 끌어다 앉히며) 앉아서 한술 떠라.

진호   아버지한테 인사부터 해.

진숙   그래야지.

노모   조금 있다 들어 온 나. 그새 볼일 보셨는지도 모른다.

노모, 방 안으로 들어간다.

캐빈, 건넌방에 달린 쪽마루에 걸터앉아 헤드폰을 쓴다.

진숙   (진호에게) 먹어. 난 생각 없어.

진호   어.

진호, 수저를 든다.

된장찌개를 뜨는데 이상하다. 한 입 먹고는 잠시 말을 잃는다.

진숙   엄마 아셔?

진호   ….

진숙   말했어?

진호   (사이) 아니.

진숙   말하지 말까 봐.

진호   ….

진호, 무겁게 밥을 삼킨다.

그들 사이에 잠시 동안 정적이 흐른다.

노모, 방문을 열고….

노모   들어 오니라.

진숙   … (사이) 캐빈!

캐빈   ….

진숙, 캐빈에게 가 헤드폰을 벗긴다.

진숙   할아버지한테 인사드리자.

진숙, 방으로 가면 캐빈도 진숙을 따라 방으로 들어간다.

진호, 맨밥을 삼킨다. 꾸역꾸역 먹고 또 먹는다.
목이 막힌다.
눈물을 흘리지 않으려고 하늘을 본다.
캐빈, 더는 참을 수 없다는 듯 입을 틀어막고 뛰쳐나온다.
진숙도 코를 막고 나온다.

2.

마당 가운데 놓인 평상에 앉아 부침개를 굽고 있는 진숙.
진호와 노모는 옆에서 나물을 다듬고 있다.

진숙   병길이… 바보 병길이… 나랑 나이가 같았지? 착했
       는데….

진호   바보니까….

진숙   그래. 바보니까… 학교 가는 길목에 아침마다 서서
       는 엿이며 떡이며 많이도 줬었는데… 손톱 밑 새까
       만 손으로… 그게 어찌나 싫던지… 더럽다고 바닥에
       던지면 그거 주워 흙 털어 다시 지 입에 넣고… 기억
       난다. 기억나.

진호   나도 기억난다. 누나 참 못 땠는데….

진숙   (진호에게 눈을 흘기고는 노모에게) 아직 살아있어?

노모   죽기엔 이른 나이지.

진숙	궁금하네. 어떻게 사나.
노모	여 안 산다.
진숙	이사 갔어?
노모	시설에···.
진숙	아줌마 좀 편해지셨겠네.
노모	애미가 되도 모르나?
진숙	뭘?
노모	벌써 십 년이다. 때때마다 헛헛해가 밥도 못 넘기고 때 거르기 일쑤다.
진숙	데려오면 될걸···.
노모	세월이 인심을 바까 놓은 긴지··· 동네서 나가라는데 별수 있나. 방문 고리에 묶기도 하고, 때리도 보고··· 지도 끼고 살라고 별짓 다했다.
진숙	나라면 이사 가겠다.
노모	여도 안 받아 주는데 어데서?
진숙	무슨 일 있었구나?
노모	정신 온전한 것들도 별짓 다 하는 세상인데, 뭘.
진숙	병길이가 학교서 돌아오는 나 잡아 세워, 젖가슴 만지고 도망친 날. 병길이 아줌마 감자 삶아 우리 집 왔었지. 내 운동화 빨고 마당도 쓸고··· 나도 싫었어. 엄마가 제일 미웠고··· 용서해 달라 우는 병길이 아줌마한테 괜찮다고 그랬잖아. 엄마한테 내 울음소린 안 들렸나 봐.

노모	찌짐 뒤집어라.
진숙	내 딸한테 누가 그럼 난 가만 안 있어.
진호	누난 딸 없잖아.
진숙	나 그때, 죽고 싶었어.
노모	가가 지 정신으로 한 짓이가. (프라이팬에 연기가 올라온다) 탄다.
진숙	엄마야. 아 뜨거.

노모, 진숙의 뒤집개를 빼앗아 부침개를 뒤집는다.
노모, 불을 줄이며….

노모	급할 때만 지 애미 찾지.
진호	진리네.

진호와 진숙, 픽 웃음이 새어 나온다.

노모	노릇노릇 맞나게… 이거 하나 못하나. 시집 간 지가 언젠데….
진숙	우리 이런 거 안 해 먹고 살거든… (부침개를 하나 집어 먹으며) 맛나다. 엄마, 동치미 없어?
노모	봄에 무슨… 나박김치 담아 놨다.
진숙	난 동치미가 좋은데…
노모	있다.

노모, 일어서 부엌으로 간다.

진숙   (부침개를 먹으며) 우리 어릴 땐 동네에 바보 많았는
      데… 순이 언니, 그 언니 참 착했다. (사이) 바보라서
      착했나….

진호   코까지 막은 건 심했어.

진숙   냄새 역한 건 사실이잖아. 비행기에서 내려 공항 들
      어서는데 공기가 다르더라. 속 불편해지기 시작하는
      데… 오는 길은 또 어떻고. 똥 냄새, 짐승 냄새… 울
      렁거려 머리까지 아파. 바다는 왜 그리 비린지…

진호   유별나다. 여기서 나고 자랐어, 누나.

진숙   안에 것 쏟아 내는 거보다는 낫잖아.

진호   그래도 몇 년 만에 보는 아버진데….

진숙   그래, 17년. 캐빈이 배 속에 있을 때니까. 그게 뭐?

진호   아픈 아버지 보면 마음이 쓰리고 아린 게 먼저지. 자
      식이잖아.

진숙   눈물 나. 속상해. 그래도 어떡해. 몸이 그렇게 반응하
      는걸.

진호   별난 데 살다 왔어?

진숙   거긴 공기도 다르고 물도 달라.

진호   이 나라서 산 게 30년이야. 그 나라서 산 건 여기 반
      이고.

진숙   오랜만에 만난 누나, 반갑지도 않니? 신경 박박 긁어

대게….

노모, 동치미를 들고나와 진숙에게 건네며….

노모   사내가 뭐 그리 말이 기노?

진호   몇 마디 안 했어요.

진숙, 동치미를 시원하게 들이켠다.

진숙   아, 살 거 같다. 맛 제대로 다, 엄마. 거기서도 가끔 생각나서 만들어 봤는데 이 맛이 안 나.

노모   땅도 물도 다른데 다르겠지.

진숙   그러게 다르더라고….

노모   (진호에게) 암만 말 시키도 겨우 '네' 대답 한마디 하던 녀석이….

진호   배우들 연습시키다 보면 연출이 많이 떠들게 돼요.

노모   사내자식 할 짓은 못 되는 갑다.

진숙   (큭, 웃음을 터트린다) 우리 엄마, 그대로다. 하나 안 변했네. 정 털어내듯 툭툭 끊어 먹는 말투… 아버지 맨날 그랬잖아. 엄마더러 살갑지 않다고….

노모   늙은 애미, 놀리니 재미지나?

진숙   (웃으며) 그 사람 와서 엄마 봤으면, 나보고 엄마 그대로 빼다 박았다 할 거 같아서. 내 말투가 그렇대. 정

33

털어낸대. 어릴 땐 참 싫었는데… 엄마가 나 미워서
저러나 했거든. 엄마한테 배웠나? 식성처럼 뱃속에
박혔나 봐. 엄마 딸, 엄마 닮았다.

진호　　말도 참… 딸이 엄마 닮지, 옆집 아줌마를 닮을까?
　　　　그럼 문제 복잡해지지.

진숙　　순이 언니 시집갔어? 어릴 때 그 언니가 엄마보다 더
　　　　많이 업어줬는데….

노모　　….

진숙　　하긴 나이가 몇인데… 애도 있겠다.

노모　　죽었다.

그들 사이에 잠시 시간이 흐른다.
떨어져 지내 온 시간 사이를 흘러간 사람들을 기억하는….
진숙, 동치미를 쭉 들이키고는….

진숙　　고구마 쪄서 김치 올려 먹고 싶다.

노모　　기다리라.

진호　　먹을 거 많잖아.

노모　　금세 쪄진다.

노모, 부엌으로 들어간다.
진숙, 손끝으로 눈물을 닦아낸다.

진호   울어?

사이.

진호   무슨 의미야?
진숙   너, 예술 하는 사람 맞니?
진호   그 질문은 또 뭐야?
진숙   말하지 않아도 헤아려 줄 수 없냐는 뜻이다.
진호   그건 점쟁이가 맞추는 거지.
진숙   이혼한 거 말해야겠지?

사이.

진호   하지 마라.
진숙   ….
진호   엄마가 된장찌개를 끓였는데… 된장을 안 넣었어.
진숙   ….
진호   아무래도….
진숙   아닐 거야.

긴 사이.

진숙   그래서 우리 불렀나. (사이) 그거지?

진호   ….

진숙   우리 엄마 어쩌니….

진구가 마당으로 들어선다. 호기 있게….

진구   어머니, 큰아들 왔습니다.

진호   ….

진숙   ….

진구   일찍들 왔구나.

그들 사이의 흐르는 침묵과 함께 해가 진다.

3.

평상에 술상을 두고 둘러앉은 진구, 진호, 진숙.

진구   밥은 먹고 사냐?

진호   예술이 어렵지 않았던 시절이 있었나.

진숙   많이 힘들어?

진호   새삼스러울 거 없어. IMF 때도 별다른 거 없었으니
       까. 항상 IMF거든.

진구   요즘 영화 보지 연극을 누가 봐.

진숙   언제 공연이랬지? 지금 연습하는 거.

진호   다음 달….

진숙   처음이다. 네가 연출한 건….

진구   (말을 자르며) 능력 안 되면 다른 길 찾아. 벌써 몇 년째냐?

진호   ….

진숙   입센 작품 좋아했는데… 예전 얘기다만… '인형의 집' 그거 보고 울었다, 나. 그런 시절도 있었는데… (사이) 무슨 내용이야?

진호   그냥….

진구   만드는 놈이 무슨 말을 하는지도 모르는데 누가 들으러 오겠어.

진호   이 시대 청춘들….

진구   이 시대의 청춘은 무슨 말을 하는데? 5.18, 민주화… 아직도 그런 말 하는 청춘이 있냐?

진호   내가 연극 시작할 땐 했었지. 무대의 청춘마다… 요즘은 아니야.

진숙   청춘… 우린 그때 무슨 말을 했지?

사이.

진구   우리 땐 그래도 낭만이 있었는데… 이젠 다 죽었어.

진숙   그렇게 잊히는 건가….

진호   듣는 사람이 없으니까.

사이.

진숙   네 무대에선 청춘들이 무슨 말을 할 거니?
진호   정의에 대해서….
진숙   그때 우리도 정의를 말했어. 그 시대의 정의가 민주
         화였던 거지.
진호   이 시대는 군부독재와 싸우지 않으니까. 자유의 자
         리에 경제가 차지한 지 오래지. 취업, 등록금, 가족,
         외로움, 인터넷… 빈곤….
진숙   청춘은 여전히 불안하구나.

사이.

진구   네가 생각하는 정의는 뭐냐?
진호   ….
진구   질문을 조금 구체적으로 바꿔 볼까? 예술가라는 명
         분으로 가난을 훈장처럼 떠벌리는 너, 장진호가 생
         각하는 이 시대의 정의가 뭐냐고?

진호, 짧게 웃고는 술잔을 비운다.

진숙　멋지다.

진구　뭐가? 말이 좋아 예술이지. 최저 생계비도 못 벌고
　　　　있는데…

진숙　난 이 땅을 떠나면서 인간을 내려 놨거든. 그런데 진
　　　　호는 아직도 인간을 붙잡고 있잖아.

진구　호기야.

진숙　오빠가 생각하는 정의는 뭐냐?

진구　돈. 이 시대의 정의는 돈이야. 도덕이 좀 부족하면 어
　　　　떠냐. 능력이 있어야지. 힘이 있어야 지키고 싶은 것
　　　　도 지키고, 책임질 거 있으면….

노모, 과일을 들고나오며….

노모　딸기가 달다.

진숙　썩었어.

노모　와? (딸기를 먹어 보고는) 싱겁나… 사과 깎아 주까?

노모, 평상에 앉아 과일을 깎는다.

진호　달아요.

노모　묵지도 않고는 맛을 우에 아노. (진숙에게) 아도 나오
　　　　라 해라.

진숙　뭐.

노모, 소리 높여 캐빈을 부른다.

노모 나와서 과일 무라.

방에 있는 캐빈, 대답이 없다.

진숙 캐빈! 캐빈!

캐빈 ….

진숙 생각 없나 봐.

진구 매제랑 같이 오지. 이럴 때 아니면 언제 얼굴 보겠냐.

진숙 ….

노모 니는? 와 혼자고.

진구 엄마가 정치를 몰라서 그래. 요즘은 그 사람이 더 바빠요. 인사 다녀야지, 행사 있으면 얼굴 내밀어야지.

노모 ….

진구 날 풀렸으니까 공사 시작합시다.

노모 일없다, 안 했나. 입 아프다 그만 물어라.

진구 싹 밀고 다시 올려요. 최신식으로다.

노모 네 아부지가 손수 지은 기다.

진구 자식들 욕먹는다니까….

노모 건드릴 생각 마라.

진숙 낡긴 했다, 엄마.

노모 니들은 자격 없다.

진구	어머니….
노모	이 집은 내 인생이고, 내 시간이고, 내 손때다. 마당에 풀이며 꽃이며… 니들보다 자들이 내하고 더 많이 살았다.
진구	엄마 고집 때문에….

'으악~' 비명을 지르며 방에서 뛰쳐나오는 캐빈.

노모	와? 와 그라노?
캐빈	Spider! There's a spider in this room. Shit!
노모	자, 뭐라노?
진숙	방에 거미가 있나봐.
노모	죽이지 말지. 밖으로 내보냈나.
캐빈	Let's go home, mom! Why should I stay here? [I] Wanna go back to Chicago!! (집에 가자, 엄마. 내가 왜 여기 있어야만 해? 시카고로 돌아가고 싶어!)
진숙	다시 말해줘? 우리가 있을 곳은 여기야. 네가 원하든 원하지 않든….
노모	괜찮다. 거미는 이로운 벌레다.
캐빈	Can not take the smell anymore. (더는 냄새를 참을 수가 없어)
진숙	참아. 이유 없어, 무조건.
캐빈	….

진숙   너한테 한 번도 가르쳐 준 적이 없었지. 이제부턴 가
       르칠 거야. 참는 거.

진호   캐빈한테는 적응하기 쉽지 않은 환경이지. 나도 그
       런데 뭘.

진숙   너 우리나라 말 쓰랬지.

캐빈   I'm talking my language. It's the language used
       by mom country. (나는 내 나라말을 쓰고 있어. 엄마가 쓰
       라는 건 엄마나라 말이지)

진구   엄마한테 그런 식으로 말하면 안 되지.

진호   잠깐만… 우리 대화를 바꿔보자. 응?

모두, 말이 없다.

진호   캐빈, 곧 대학생 되지? 무슨 공부 할 거야? 응? What
       study do you like? your dream? (좋아하는 공부가 뭐
       야? 너의 꿈은…?)

캐빈   Ask mom.

캐빈, 밖으로 나간다.
진호, 쫓아가려 하면….

진숙   뭐.

진호   ….

42

진숙   음악 한다는 거 막았더니 저러는 거야.

진구   애들 교육을 어떻게 하는 거야, 너? 매제도 저런 꼴
       을 보고만 있어?

진숙   심술부리라 그래. 반항도 받아 줄 수 있어. 그래서 음
       악만 안 한다면….

       사이.

진호   가볼게. 무슨 일 생기면… 길도 모르는데….

진숙   그러니까. 그러니까 두라고… 그 나라였으면 따라
       나가 붙잡았지. 하지만, 여기선 지가 어딜 가겠어. 말
       이 통해, 길을 알아, 찾아갈 사람이 있어. 아무것도
       없는데….

진호   ….

진숙   저도 저 정도는 해야 숨을 쉴 거 아니야.

       진숙, 술잔을 비운다. 또, 따르고 비운다.

진숙   엄마가 알아야 할 게 있는데….

노모   할 거 없다.

진숙   두 번은 묻지 마. 다들 있는 데서 한 번으로 끝내자.

노모   됐다.

진숙   사실은….

노모	(말을 끊으며) 말을 한다고 알고, 안 한다고 모르겠나.
진숙	엄마….
노모	울 거 없다. 부부가 살 섞고 살다가 마음이 다되면 남으로 지내는 기지.
진숙	미안해. 미안해.
노모	니는 내 안 닮았다. 니 아부지 빼다 박았다. 니 아부지, 남한테 싫은 소리 못 듣고, 법이 하라는 대로 그대로 사는 사람 아이가. 다른 사람은 몰라도 내는 안다. 니는 절대 잘 못 할 아가 아이다. 에미 말, 단디 들어라.
진숙	….
노모	누구한테고 고개 숙이지 마라. 버릇된다.

방안에서 들려오는 둔탁한 소리.

노모	갑니다.
진숙	내가 할게.
노모	딸내미한테 아랫도리 보여주고 싶겠나. 몸이 말을 안 들어 그렇지, 정신은 내보다 총명하다.
진호	내가 해요.
노모	됐다. 익숙한 손이 낫지.

노모, 방으로 들어간다.

말없이 술잔을 내려다보는 그들 사이에 밤바람이 분다.
아직은 찬, 밤바람이….

진숙   아버지, 병원으로 모셔야지 않아.

진구   엄마가 그러겠대?

진숙   말은 넣어봤어? 엄마 나이가 몇인 줄 알아?

진구   몇 년 만에 집에 와서는… 그렇게 엄마가 걱정되면
        끝까지 잘 살던가.

진호   형!

진숙   놔둬. 그래야 큰 오빠답지.

진구   나도 최선을 다하고 있어.

진숙   오빠는 점점 형편없어진다.

진구   너보단 제대로 살고 있어.

진숙   문제가 그거구나. 제대로 살고 있다고 생각하는 거.
        그래도 내가 떠날 땐, 이 정도는 아니었는데….

진호   누나 술 많이 했다.

진구   서로 오랜만에 만났는데 좋은 얼굴로, 좋은 말만 해
        도 되잖아.

진호   형은?

진구   ….

진호   가난한 예술가에게 아첨 떠는 인간이 있어야지. 그
        러니 비위 맞추는 말을 모를 수밖에. 형은 많이 아나
        해서….

진구 내 말이 그렇게 거슬렸어? 너도 네 앞가림 할 나이 지났어. 장가가야 될 거 아니야. 너 생각하는 마음에, 돈 벌라는 게 그렇게 고깝든?

진호 ….

진구 버릇없는 조카도 그냥 보고만 있어야 해? 부모님한테 새집 지어드리겠다는 게 뭐가 잘 못 됐어?

진숙 오빠 선거 치를 때마다 배 한 척씩 팔았지? 그나마 이번엔 당선이라도 됐지만….

진구 다음번엔 국회야. 당에서도 나를 보는 게 달라졌어.

진호 그들이 모임에 형을 끼워 주나 보지, 이젠.

진구 유치한 자식. 적을 대할 때 절대 네 표정을 들키는 게 아니야. 더구나 그 적이 너보다 강할 땐….

진호 형한텐 형제도 적이야?

진구 네가, 네가 날 그렇게 대하잖아.

진호 ….

진구 너 없이도 난 이겼어. 다음 선거에서도 난 이길 거야.

진호 ….

진구 그래도… 넌 날 도왔어야 해.

진호 형을 따를 수 없어. 형이 약속하는 세상에 편들어 줄 수 없어. 다리 하나 더 만들고 물막이 공사나 하는 게… 아파트나 짓겠다고 산을 깎아 대는 게… 고작 그게 이상적인 나라야?

진구 사람들이 원해. 먹고 사는 걸 해결해 주길 원한다고….

진호　사람들은 형을 뽑은 게 아니야. 아버지가, 어머니가 여기서 뿌리 내리고 산 대가를 받아먹은 거지.

진구　….

진호　형은 나 하나도 설득 못 했어. 형이 내건 공약은 모두 쓰레기야. 웬 줄 알아? 형이 약속한 세상엔 사람이 없으니까.

진호, 돌아서려는데….

진구　진짜 하고 싶은 말을 해.

진호, 다시 와 진구를 마주하고 선다.
진호, 무슨 말인가 하려다 주먹으로 입을 틀어막으며 터져 나올 그 말을 삼키고 돌아선다.
진구, 진호를 막아서며….

진구　말해.

진호　….

진구　지금 안 할 거면 영원히 하지 마.

진호　….

진구　영원히….

진숙　진욱이….

사이.

진숙   진욱이가 그렇게 죽지 않았다면….

진구   그게 내 탓이란 거야?

진숙   진욱이 죽음으로 오빠의 정치 인생을 샀잖아. 아니야?

진구   세상을 가르쳐 주고 싶었다. 어떻게 사는 게 제대로 사는 건지… 그 시절 최루탄 가스 안 맡은 놈이 있었냐? 다들, 그땐 다들….

진호   (말을 가로채며) 아무것도 할 수 없는 절망감은 가르치지 말았어야지. 보여주지 말았어야지. 진욱이 형이 살고 싶어 한 방법도 죄는 아니잖아.

사이.

진숙   진욱인 오빠가 죽였어.

진구, 몸이 무너진다.
힘이 빠져버린 몸으로 평상에 걸터앉는다.
그들 사이에 정적이 흐른다.

진구   최고의 거래였지.

진구, 물을 먹은 솜처럼 무거워진 몸을 일으킨다.

진호   어디 가?

진구   술 좀 깨게… (사이) 캐빈도 찾고….

진호   괜찮아?

진구, 잠시 멈춰 선다.

진구   바지에 오줌 싼 기분이다.

진구, 밖으로 나간다.
진숙, 평상에 눕는다.
고요하다.

진숙   엄마… 울었지?

진호   ….

진숙   아까 방으로 들어가는데… 못 보겠더라.

진호   어깨만… 어깨만 조금….

사이.

진호   왜 그랬어?

진숙   ….

사이.

진숙   별이 많이 줄었다. 어릴 땐, 밤새 세어도 다 못 셌는
　　　　 데….

진호   아버지 따라 바다 나가고 싶어서 배에 숨어들었다.
　　　　 누나 기억나? 열 살이었나…그때가. 어둠이 깊어 아
　　　　 무것도 보이지 않는데 별만 보이더라. 와, 진짜 무섭
　　　　 더라. 그때 처음으로 파도 소리가 무섭다는 생각했
　　　　 다니까. 내 몸을 다 부숴 버릴 거 같았어.

진숙   엄마가 너만 없으면 우리 집에 걱정거리가 없다고
　　　　 했잖아.

진호   기억하는구나.

진숙   추억이라는 게 시간이 준 선물인데… 잊기엔 아깝지.

진호   좋은 것 좀 기억하지.

　　　　 사이.

진호   아버지도 바다가 무서웠을까?

　　　　 사이.

진숙   아버지도 엄마도 여긴 떠나지 못할 거야.

진호   ….

진숙   진욱이가 바다에 있는 한….

사이.

진호   캐빈… 진욱이 형 때문이야?

진숙   인생이 나한테 뭘 가르친 건지… 모르겠다.

진호   하늘의 뜻이지. 진욱이 형을 데려가고 우리를 살려
둔 건 다 이유가 있어서일 거야.

침묵이 흐른다.

진숙, 일어나 앉는다.

진숙   춥다.

진호   바닷바람이라… 따듯한 바람이 불려면 좀 더 있어야
지. 아직 동백꽃도 안 졌는데….

진숙   머리가 아프다.

진숙, 건넛방으로 들어간다.

진호, 평상에 누워 하늘을 본다.

진호   나는 나의 힘과 삶
친구와 기쁨을 잃었다.
나는 나를 천재로 믿게 했던 자존심마저 잃었다.

진리를 알았을 때는

그것이 친구라고 믿었었다.
하지만 진리를 이해하고 느꼈을 때는
나는 이미 역겨움을 느꼈다.

그러나 진리는 영원한 것
진리를 모르고 지내는 사람은
이 세상에 대해 아무것도 모른다.

신은 말한다.
인간은 신에 대답해야 한다고….

이 세상에서 나에게 남은 유일한 진실은
내가 가끔 울었다는 것이다.
(알프레드 드 뮈세 – 슬픔)

진호, 눈을 감는다.
잠시 그렇게 시간이 흐르고….
노모가 방에서 나온다.

노모   (진호에게 다가가) 안에 들어가 자라. 몸에 찬바람 든다.

진호, 무릎으로 파고든다.

노모	차다. 안에 가 눕자.
진호	나 누구야?
노모	내 새끼지.
진호	내 이름이 뭐냐고?
노모	장진호. 우리 집 막내….
진호	잊으면 안 돼. 수만 번 외워서라도 꼭 기억해.

노모, 진호의 등을 쓸어 준다.

진호, 노모의 무릎을 베고 누워서 힘을 주어 끌어안는다.

노모	나랏일은 하늘에 명이 있어야 한다더라. 하게 둬라.
진호	….
노모	형이 아무리 못나도 동생이 형을 가르치면 못쓴다.
진호	….
노모	너무 몰아세우지 마라.
진호	….
노모	네 형 아이가.
진호	….

진욱, 바람을 타고 와 대청마루에 앉는다.

노모	박새야. 동박새야. 니는 언제 잘래?

멀리서 파도 소리가 들린다.

4.

평상엔 술상이 치워져 있다.
빈 마당으로 진구가 들어선다.
진구, 비틀거리며 대청마루로 간다.

진구   아버지! 저랑 한잔해요.

진호, 마당에 있는 작은방에서 나온다.

진구   이깟 술이 무서우세요? 바다도 안 무서워하셨잖아
요? (사이) 아버지. 안 주무시죠? 나와 보세요.

진호, 방에서 나온다.

진구   진욱이 제가 죽인 거 아니잖아요. 왜, 모두 나한테
만… 나한테만….

진호   그만해.

진구   왜 아무 말도 없으세요? 뭐든 좋으니까… 제발… 무
슨 말이든 하세요.

진호   늦었어.

진구   (시계를 보며) 열 시 조금 넘었는데…

진호   들어가자.

진구   서울서 데모하다가 도망치듯 내려왔거든. 집에 숨어
       있는데 아침에 경찰이 들이닥친 거야. 날 잡으러 왔
       어. 누가 날 신고했는지 알려 줄까?

진호   취했다.

진구   아버지.

       사이.

진구   아버진 조금도 흔들림이 없이 이렇게 말씀하셨어.
       죄를 지었으면 벌을 받아야 한다. 그게 아버지의 원
       칙이셨지.

진호   ….

진구   맞죠? 아버지. 아버지가 그러셨잖아요. 나라님을 원
       망할 수는 있어도 법은 지켜야 한다. 그게 나라를 지
       키는 거다. 그게 백성의 도리다. 그땐 원망 많이 했습
       니다. 자식보다 썩어빠진 나라를 더 걱정하는 아버
       지가 미웠단 말입니다. 그런데 제가 지금 그래요. 이
       땅을 밟고 사는 국민이 있는 한 나는 이 나라는 지킬
       겁니다. 아버지 아들이 할 거라고요. 해내겠습니다.
       해낼 거라고요….

사이.

진구 　자랑스러우시죠? 자랑스러우시죠….

진호 　냉수 줄까?

진구 　(진호를 보며) 그게 내 정의다. 내가 하고 싶은 정치야.

방안에서 노모의 소리가 들린다.

노모 　(방안에서) 찬장에 꿀 있다. 타서 줘라.

진호 　예.

진호, 부엌으로 들어가 물을 가지고 나온다.

진호 　어디서 이렇게 마셨어?

진구 　술 마실 때 없을까 봐.

진구. 진호에게 받아 든 물을 단숨에 들이켠다.

진구 　나를 찾아오는 사람들은 두 가지의 부류가 있다. 부탁 아니면 속임수. 사람을 만날 땐 그자가 나를 왜 찾아왔는지부터 파악해야 해. 그게 안 되면 만나질 말아.

진호 　….

진구	정치에 내 청춘 이십 년을 바치고 배운 거다. 넌 내 동생이니까, 특별히 가르쳐 주는 거야. 아내는 옷과 같고 형제는 수족과 같으니까.
진호	방으로 들어가자.
진구	적과 싸우려면 스스로 강해지는 게 중요해. 감탄할 건 없어. 이건 내 말이 아니야. 아버지가 가르쳐 준 거니까. 무너져버린 우리 아버지가….
진호	내일 얘기 해.
진구	목표를 이루는 놈은 따로 있어. 세상 손가락질도 버틸 수 있는 놈. 어차피 인간은 욕 듣고, 욕하게 되어 있어. 양심? 개나 줘버려.
진호	맑은 정신으로 다시 얘기해.
진구	맑은 정신… 어떻게?
진호	….
진구	어떻게… 내 집에 있어도 고개를 들 수가 없는데….

진숙이 외투를 걸치고 방에서 나온다.

진호	자는 거 아니었어?
진숙	캐빈이 안 들어왔어.
진구	등대 있는데 가봐라. 같이 가자니까 혼자 있고 싶다더라.
진호	혼자 괜찮겠어?

진숙	지금은 그러는 게 좋겠다.
진구	과거 속에 사는 건 고통밖에 안 돼.

나가는 진숙의 뒤에 대고….

진구	흔들리고 싶지 않았다. 그래서 물러날 수도 없었어. 그러면 지는 거니까.

진숙, 나간다.

진구	갔었다. 제라도 올릴까 하고… 갔는데 거기가 내 동생이 죽었던 곳인지 어떤 흔적도 없었어.
진호	사람 명이란 게 태어날 때 죽을 날도 받아드는 거야. 영원히 살 거 같지만 우린 죽어. 그날이 얼마 안 남았을 거야.
진구	정말 이렇게 하면 내가 바랬고, 내 친구들이 쓰러져 간 청춘들이 바랬던 나라가 만들어질까….
진호	뜻을 저버리지 않길 바랄 뿐일 거야.
진구	우린 믿었다. 그 시절 믿지 않은 사람이 없었지.
진호	의심이 가면 하지를 말고 했으면 믿어야지.
진구	너는 나를 믿냐?
진호	…
진구	이렇게 될 줄 알았어. 너무 오만했으니까.

진호 나는 미쳐 본 적이 없어. 그래서 위대한 작품을 만들지 못했는지도 몰라. 만약에 세상의 종말이 와서 살아남을 수 있는 티켓이 나한테 주어진다면 기꺼이 형한테 줄게. 이 나라를 위해서… 형은 그럴 자격 있어.

진구, 뜨거움을 삼키며 진호의 어깨를 꽉 움켜쥔다.
그리고 형제는 한참을 아무 말도 없었다.
진구, 비틀거리며 일어선다.

진구 나는 이길 거다. 역사에 남을 거야.

진구, 방으로 들어가며…

진구 나는 이겼어. (사이) 나는… 이길… 나는….

진구가 방으로 들어간다.
진구의 흐느낌이 가늘게 들린다.
방안에서 노모의 목소리가 들린다.

노모 자라.
진호 누나 오면요. 주무세요.

깊은 한숨을 내쉬며 마른세수를 하는 진호.

마당에 있는 방으로 들어간다.

빈 마당으로 진욱이 걸어 나온다.

진호의 방안에서 기타 소리가 들린다.

부활의 '슬픈 사슴'이다.

진호   (노래) 슬픈 사슴이 당신과 꼭 닮았어

       웃는 모습이 꼭 슬퍼

       작은 새를 당신은 좋아했지만

       당신은 새가 될 수 없어

       당신은 환히 웃어도

       귀여운 새는 아니에요

       그저 웃어버리는 슬픈 사슴, 사슴 같아요.

       그저 웃어버리는 슬픈 사슴, 사슴 같아요.

       깊은 꿈속에 당신을 난 만났지

       우는 모습에 내가 슬퍼

       무언가를 나에게 원하였지만

       알아들을 수가 없어

       나를 원망하는 듯 가만히 보고 있었거든

       이제 나는 당신을 정말 도울 수가 없어

       이제 나는 당신을 정말 도울 수가 없어

       이제 나는 당신을 정말 도울 수가 없어

       진욱이 바람을 타고 나간다.

캐빈이 마치 노래에 이끌리듯 들어와 진호의 방 앞에 선다.
진호, 방문을 열며….

진호   누나야?

진호, 손에는 기타를 들었다.

진호   엄마 못 만났어?
캐빈   The song was great. (노래 좋았어요)
진호   (방에서 나오며) 칠 줄 아니?

캐빈, 진호에게서 기타를 받아들고 평상에 앉아 연주한다.
캐빈 곁에 앉는 진호, 담배를 꺼내 핀다.

진호   엄마를 이해해라. 힘든 건 알지만….
캐빈   She doesn't look at me. She doesn't hear me. (나
를 보지도 않아요. 내 말을 듣지도 않아요)
진호   화가 나서 그래.
캐빈   Same as me. (나도 그래요)
진호   태어난 나라에서 30년도 못 채우고 떠났어.
캐빈   It's her choice. (선택했잖아요)
진호   형이 한 명 더 있었어. 이 기타의 주인이기도 하지.
너처럼 음악을 하고 싶어 했다.

캐빈   Who? Why not here? (누구요? 왜 여기 없어요?)

진호   죽었으니까.

사이.

진호   그땐 그랬어. 음악을 꿈꾸는 게 죄인 취급받던 시절
          이었지. 누구도 형이 노래하게 두지 않았어. 가족조
          차….

캐빈   Why?

진호   그 시절 대학생들은 독재 타도를 외치며 거리에서
          최루탄과 싸워야 했어. 그게 정의였지. 다른 건 없어.
          친구들도 큰형도 비겁한 배신자라고 불렀고… 우리
          아버지… 당연히 못 하게 했지. 아버지 꿈은 형을 검
          사로 만드는 거였어. 우리 집에서 공부를 제일 잘했
          거든.

캐빈   I can't get it. I don't know any history things….
          (이해 안 돼. 역사적인 거 몰라)

진호   음악을 버릴 순 없었나 봐. 같이 갔어, 바다로… 기타
          만 남기고….

캐빈   ….

진호   선택이란 게 허락되지 않은 시절을 산 거야. 용서하
          기엔 눈물이 너무 많았던 시절이지. 누나… 그러니까
          네 엄마… 무서운 거야. 음악이 널 데리고 갈까 봐.

캐빈 I don't wanna die. (난 죽지 않을 거야)

사이.

캐빈 아파요. 엄마를 자꾸 미워하게 돼서….

진호 기다려 줘.

캐빈 아빠가 떠났어요. 다른 여자랑… 나도 슬퍼요. 나는 음악이 있어야 돼요. 내 길을 가고 싶어요.

진호 가게 될 거야. 나도 그랬으니까. 어차피 두 갈래 길은 한 길이 될 수 없어. 그저 각자의 길을 걸어갈 뿐이지.

캐빈 ….

진호 대신, 미쳐라. 미치지 않을 거면 시작도 하지 마. 나 처럼 된다. 제대로 된 작품이 없어. 제대로 미치질 못 해서 그래. 타협하면서 비겁하게 비위나 맞추고… 너는 그러지 마라. 도망치지 마. 남겨진 사람들한테 너무 큰 형벌이다.

진호, 방으로 들어가려다 말고….

진호 지금처럼 가끔은 한국말 써. 네 할머니도 네 말을 이 해하고 싶을 거다.

캐빈 네.

진호 우리말이 얼마나 멋진 말인지 알게 되면 네 미국 친

63

구들도 우리말을 다 배울 걸….

진호, 방으로 들어간다.
캐빈, 기타를 치며 노래를 부른다.
Bob Dylan의 Knockin' On Heaven's Door
진숙, 마당으로 들어선다.
캐빈을 손을 뻗어 잡으려다 손을 거둔다. 대청마루로 가서 기둥에 기대고 앉는다.
인간은 바다를 바라만 볼 수밖에 없다.
진숙, 그 심정으로 눈을 감고 아들의 노래를 듣는다.
조용히 방문을 열고 나오는 노모, 딸의 곁에 쪼그리고 앉는다.
노모의 눈엔 바다로 걸어 들어가는 진욱이 보인다.

5.

대문 앞에 조등이 걸려 있다.
병길네, 뛰어 들어온다.

병길네　성님, 이게 무신 일인교? 예… 이 집에 사람 없나? 다들 나와 봐라.

각자의 방에서 나오는 진구, 진숙, 진호, 캐빈….

병길네　성님 어디 계시노?

진숙　무슨 일이세요?

병길네　대문 밖에 조등이 걸렸다.

다들, 무슨 뜻인지 몰라 서로를 본다.

병길네　이 집에… 초상났단 말이다.

진호　엄마! 엄마!

진구, 안방 문을 열어 보고는 털썩 주저앉는다.
그 모습에 진호도 진숙이도 안방 문을 열어 본다.

진숙　아부지….

병길네, 방으로 가서 본다.

병길네　네 아부지… 와 머리까지 이불을 덮었노?

진숙, 방으로 뛰어 들어간다.

병길네　수의까지 갈아입었네….

부엌에서 노모, 나온다.

노모	일어들 났나?
진구	어머니….
병길네	성님….
노모	왔나. 밥 묵어라.
진호	지금 밥이 문제에요.
병길네	성님, 와 이라는데…?
노모	니 아부지가 허투루 살지는 않아가 손님이 많을 기다.

병길네, 털썩 주저앉는다.

병길네	화는 좋은 옷을 입고 오고, 복은 눈물 속에 숨어있 다 하드만… 성님이 준비한 잔칫상으로 장례 치러 야 하네.

순경, 마당으로 들어선다.

순경	밤새 뭔 일 있었습니꺼? 밖에….
노모	잘 왔다. 내 좀 데리고 가라.
순경	예?
노모	내가 죄를 짓거든….
순경	무슨 말씀이신지….
노모	야들 아부지, 내 손으로 보냈다. 잡아가라.
병길네	독하다. 독해도 이래 독할 수가 있나. (노모의 옷자락을

잡고) 성님, 이건 아이다.

노모　병길아, 네는 알제. 우리 집 양반 얼마나 깔끔했는지. 대쪽 같은 양반이 저래 허망하게 쓰러져가 똥오줌 받아 낼 줄 누가 알았겠노. 사는 게 끔찍하다는데 우짜노. 내 미련으로 못 놔줬다. 벌시로 가겠다는 거 잡고 안 놔줬다. 근데… 더는 못 보겠다. 마음이 부대끼가… 저 양반 내 손 아니면 누가 거두노.

병길네　약한 소리 마소. 우리 성님이 누군데… 하늘은 무너지도 성님은 무너질 리가 없다. 진욱이 보내고도 잘 버티드만….

노모, 병길네를 애틋하게 만지고 또 만져 준다.

노모　내 정신이 자꾸 나갔다 온다. 언젠가는 안 돌아오지 싶다. 네 니는 꼭 기억하고 잡은데….

병길네　성님….

병길네, 노모의 머리를 쓸어주며….

병길네　내가 성님을 알아 볼긴데 뭐가 문제라….

노모, 미소를 담고 고개를 끄덕여 준다.

노모   고맙다.

노모, 일어서며….

노모   가자.
진숙   우리더러 어쩌라고?
노모   내가 네 선생이가?
진숙   가르쳐 줘야지. 가르쳐 주고 가. 가르쳐 달라고….
노모   내는 네 에미다. 살점 떼 달라믄 떼주는 네 에미다.
진숙   엄마….
노모   네도 그랄 거 아이가.
진숙   엄마….
진호   왜요? 다른 방법을 찾던지, 다른 날 잡던지….

사이.

노모   온 김에… 두 번 걸음 말라고….

노모, 일어서 옷매무시를 단정히 한다.

노모   (순경에게) 갑시다. 나랏일 하는 사람 붙잡고 말 길어,
         지는 거 아이다. (손 내밀며) 채우소.
순경   어르신….

노모 앞장서라.

순경 ….

노모, 앞장서 나간다.

순경, 따라 나간다.

진숙 오빠, 뭐해? 뭐라도 해야 할 거 아니야? 길을 막던지, 잡아끌던지.

진구, 터져 나오려는 눈물을 삼키며 무릎을 꿇는다.

병길네 곡해라. 곡해라. 네 아부지 가시는 길에도 곡 하고… 네 어무이 가는 길에도 곡해라. 용서하라고… 용서 해 달라 빌어라.

진구 아이고… 아이고….

진구의 곡소리 점점 높아진다.

진숙 우리 엄마 못 보내. 우리 엄만 안 보내. 엄마… 엄 마….

진숙, 쫓아 나가려는데….

캐빈이 진숙을 뒤에서 끌어안는다.

캐빈 엄마….

진숙 엄마가… (가슴을 치며) 엄마가….

병길네 그래가 들리겠나.

진구, 창지가 끊어지는 비통함으로….

진구 아이고… 아이고….

병길네 사람들 불러라. 성님이 만든 음식 나눠 묵게… 사람들 불러라.

병길네, 주저앉아 땅을 치고 가슴을 뜯으며 운다.

마당의 동백꽃이 툭! 땅 위로 진다.

진호 동백꽃아! 네가 떨어지니까 땅이 붉구나. 피가 땅으로 스민다.

동백꽃이 진다.

개나리와 진달래가 봉오리를 터트린다.

봄이다.

막 내린다.

한국 희곡 명작선 163

잔치

초판 1쇄 인쇄일   2024년 10월 16일
초판 1쇄 발행일   2024년 10월 25일

지 은 이   김수미
만 든 이   이정옥
만 든 곳   평민사
　　　　　서울시 은평구 수색로 340 〈202호〉
　　　　　전화 : 02) 375-8571 / 팩스 : 02) 375-8573
　　　　　http://blog.naver.com/pyung1976
　　　　　이메일 pyung1976@naver.com
등록번호   25100-2015-000102호
ISBN　　　978-89-7115-848-7 04800
　　　　　978-89-7115-663-6 (set)
정　　가   8,500원

이 책은 사단법인 한국극작가협회가 한국문화예술위원회의
2024년 제7차 대한민국 극작엑스포 지원금을 받아 출간하였습니다.